BIBLIOTECA MARCHA CRIANÇA

MÁRCIA LEITE

LUNETANDO

ILUSTRAÇÕES
MARIÂNGELA HADDAD

editora scipione

Este é Pedro.

Esta é a luneta de Pedro.

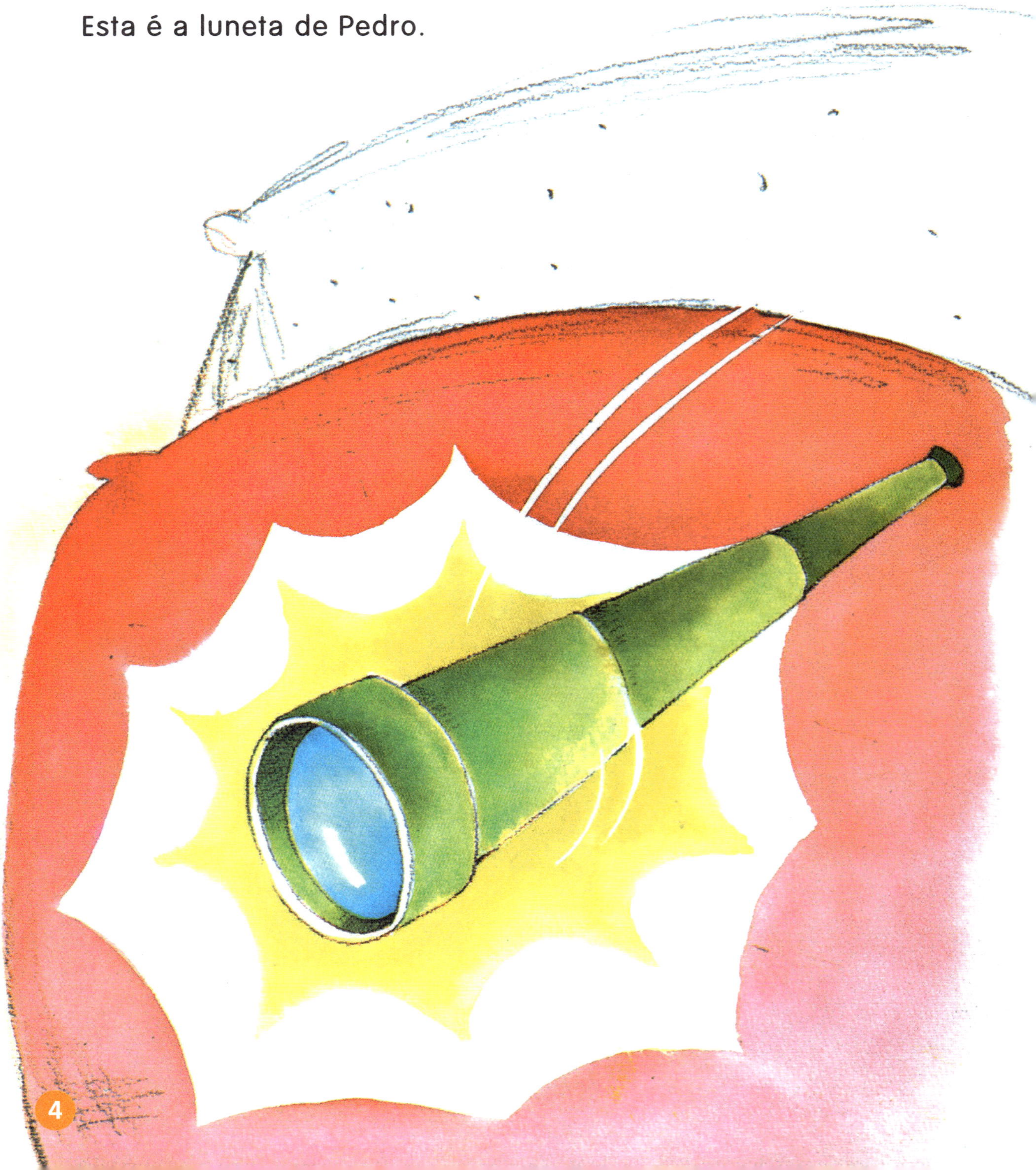

Este é Pedro, sua luneta e sua janela.

— Xiii!... — você deve estar pensando — do jeito que começa esta história, nas próximas páginas eu vou conhecer a cama de Pedro, o travesseiro de Pedro, o tênis de Pedro...

Mas não é nada disso, não!

A verdade é que a janela e a luneta eram as companheiras inseparáveis de Pedro. Sem elas, ele não teria nada pra fazer durante as tardes que passa sozinho em casa — e também não haveria o que contar aqui!...

Todos os dias, depois que voltava da escola, Pedro tomava banho, almoçava, arrumava o quarto, fazia a lição, brincava, e ainda tinha de sobra um tempão pra observar outras janelas com sua luneta.

Esta história de luneta começou numa noite de domingo, bem depois do lanche, quando só passava programa chato na TV! De repente, o pai de Pedro se lembrou de uma luneta que um dia tinha guardado bem escondida.

Então, da janela do apartamento, tentou mostrar para o filho coisas que via quando tinha a idade de Pedro: estrelas, estrelas cadentes — aquelas que correm pelo céu — e a lua, que tem tantas caras!

Pedro vibrou, pulou, pirou, enlouqueceu de alegria com aquela luneta antiga.

No meio de tanta euforia, tentou achar estrelas naquele céu poluído de cidade grande, mas, da janela de seu quarto, o que dava pra ver era isso:

Então, virando e mexendo a luneta pra cima e pra baixo, como se procurasse algo diferente no meio de tantos prédios, Pedro deu de cara com uma coisa que achou bem mais luminosa!

Não era estrela, não era a lua. Não era E.T., nem disco voador, nem super-herói. Era uma janela! Tão próxima e tão pequena como uma casa de bonecas!

Ele nem respirava direito de emoção! Era como se estivesse espiando por um buraco de fechadura: o olho no buraco e o coração na boca, de medo de ser descoberto xeretando!...

Depois desse dia, Pedro começou a ocupar as tardes **lunetando** aqui, **lunetando** ali. De vez em quando lunetava nuvens, ruas, pessoas, pássaros e tudo o mais que vivia perto dele sem que nunca tivesse reparado antes. Mas o que ele gostava mesmo era de lunetar janelas!

Você sabe o que é **lunetar**? Nem precisa procurar no dicionário porque não vai achar mesmo!

Para Pedro, lunetar era olhar com a luneta. Às vezes dava pra ver muita coisa, outras vezes não dava pra ver nada. Por isso ele inventou este verbo. Ele achava que **olhar**, **observar**, **bisbilhotar** não eram as palavras certas. O certo mesmo era LUNETAR!

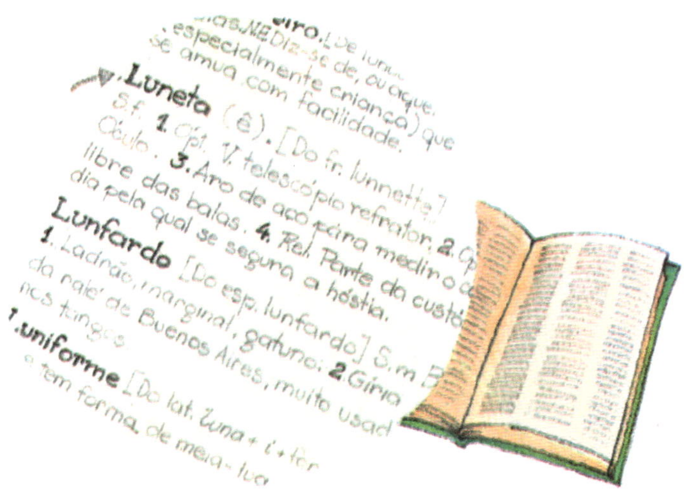

Foi lunetando e comendo bolacha que Pedro viu esse homem. Vivia o tempo todo numa sala entupida de livros e papéis.

Às vezes, Pedro ficava com medo de que um dia, quando fosse lunetar a janela dele de novo, o homem tivesse virado uma traça gigante, que traçaria, traçaria, traçaria tanto papel que PLOFT! a sala explodiria em sacos e sacos de confete de Carnaval...

Nessa outra janela, uma mulher não parava quieta um minuto! Parecia um robô de avental!... Varria o chão, tirava o pó, passava roupa, descascava batatas, costurava o chão, passava o pó, descascava a roupa, varria a batata...

Bem que o homem traça-livros poderia dar uma mãozinha pra ela...

Aqui morava um homem bem velhinho, que precisava de uma bengala pra andar. "Ou será uma bengala bem velhinha que precisa de alguém?", pensava Pedro.

Todos os dias ele ficava um tempão limpando uma gaiola e colocava o passarinho pra tomar sol. Parecia que demorava de propósito. Bem devagar... bem devagar... Quem sabe nem tinha nada pra fazer depois...

Bem perto da janela do velhinho, vivia uma senhora que parecia muito doente. Passava o dia deitada no sofá, coberta por uma manta colorida. Não devia enxergar muito bem, porque a televisão ficava grudada na cara dela o tempo todo.

Que bom se o velhinho pudesse cuidar dela. Assim, ele teria o que fazer uma parte do dia e ela teria com quem conversar...

Aqui moravam as meninas dos olhos de Pedro. As duas viviam pra cima e pra baixo com suas bonecas de pano. Pedro não queria estar no lugar das bonecas, porque elas sofriam muito!

Quando as meninas brincavam de casinha, tratavam as bonecas como filhas: ninavam, penteavam, trocavam de roupa, davam comida...

Se assistiam televisão, elas serviam como almofadas. E quando queriam ficar olhando o movimento da rua, viravam apoiador de cotovelo!

Quando as meninas brigavam, então, era boneca pra todo lado: na barriga de uma, na orelha de outra... De repente, PAQUETIBUMBA! Uma boneca voava pela janela!

"Que gostoso ter companhia pra se divertir", Pedro pensava. "Eu não tenho sequer uma boneca pra brincar ou brigar..."

A janela que Pedro mais adorava lunetar era a de um pai com seus dois filhos. Que animação! Os três aprontavam as maiores brincadeiras quase todas as tardes!

Num instante, um cobertor e algumas cadeiras se transformavam numa cabana. De repente, cadê os três? Comendo pipoca no tapete da sala. Jogando pingue-pongue na mesa de jantar. Montando um enorme quebra-cabeça... E agora? Devem ter ido passear!

“Que pena! Ainda faltam três dias e meio pro meu pai poder brincar comigo...”

Pedro passava tardes e mais tardes olhando as pessoas através das lentes da luneta. Estava habituado a ver tudo como se fosse televisão sem som: acompanhava com os olhos e ficava imaginando o que estariam falando...

Certo dia, porém, levou um baita susto!

Vermelho de vergonha, ele se abaixou e ficou escondido, pensando:

"Xiii!... Fui descoberto! Será que ele me luneta há muito tempo? Será que ele sabe que eu passo as tardes olhando as janelas do outro lado? Será...?"

Pensou tanto que acabou anoitecendo.

No dia seguinte, embora com receio de ir à janela, Pedro se armou de coragem e resolveu enfrentar a situação. Afinal, se ele lunetava, o outro tinha o direito de lunetar também!

E lá foi ele, virando a luneta em direção à outra janela. De repente, sua luneta cruzou com a luneta do outro!

Qual não foi a surpresa de Pedro quando descobriu que a luneta era de uma menina! Ela acenou para ele e mostrou um papel com letras grandes e escuras:

Correndo, Pedro procurou um papel bem grande e escreveu:

Logo em seguida, ele ouviu o triimm do telefone. Não precisou tocar duas vezes. Era Luísa.

Os dois, então, começaram um papo que não tinha mais fim. Perguntaram-se a idade, onde estudavam, como era a escola, a casa, os pais, os amigos e, é claro, falaram sobre as lunetas. Perceberam que tinham muitas coisas em comum e acharam um barato terem se conhecido lunetando!

No dia seguinte, depois da escola, Pedro ligou para Luísa. Papo vai, papo vem, começaram a trocar informações sobre os moradores da rua: Pedro contava como era a vida das pessoas que moravam do mesmo lado que Luísa, e ela contava sobre as que moraram do lado dele.

Tinha assunto de sobra pra muitos dias, muitos telefonemas, muitos encontros e brincadeiras, nascendo, assim, uma grande amizade entre os dois.

Mas as lunetas não ficaram totalmente esquecidas, porque, além da amizade, surgiu também um aparelho genial, nunca antes inventado: a BILUNETA, que é como um binóculo gigante feito com lunetas, para ser usado por duas cabeças que combinem bem, como goiabada com queijo!

E você aí?!
Já pensou em ir devagarinho até a janela?
Será que não tem nenhum par de olhos virado em sua direção???